Bibliografische Information der Deutschen Nationalbibliothek: Die Deutsche Nationalbibliothek verzeichnet diese Publikation in der Deutschen Nationalbibliografie; detaillierte bibliografische Daten sind im Internet über www.dnb.de abrufbar.

© 2015 Winfried Brandt
Herstellung und Verlag:
BoD – Books on Demand, Norderstedt

ISBN: 9783734757648

Ich möchte mich recht herzlich bei meiner
Freundin Helga und meiner Schwester Alexa
für die Hilfe bei der Erstellung
dieses Buches bedanken.

# Die Scherbe

– die Geschichte meiner Mutter

Das Leben unserer Eltern gerade im und nach dem Krieg prägten sie. Aus dieser Zeit erzählen sie uns auch heute noch Geschichten, die sie nicht aufgeschrieben haben, da die Anzahl der vielen prägenden Geschichten vielleicht in der heutigen Zeit als Überflutung wahrgenommen wird.

Dennoch ist jede Geschichte eine individuelle Geschichte und Zeitzeuge einer Zeit, in der wir nicht leben möchten, unsere Eltern jedoch lebten. Und sicherlich erzählen Sie uns auch von Ihren Geschichten damit wir sie nicht erleben.

So erzählte auch meine Mutter mir Ihre Geschichte aus und nach den Kriegsjahren, manchmal um verstanden zu werden, manchmal um zu lehren, manchmal um mich Anteil haben zu lassen an meiner Familie,

Oma, Opa, Onkel, Alwis, Onkel Johann, Tante Helene und sich meine Mutter Marga.

Heute ist meine Mutter 81 Jahre alt und noch immer schreibt sie ihre Geschichten nicht auf. Ich möchte dies jedoch nun für meine Mutter tun, die von ihrer Geschichte geprägt auch mich mit der Erzählung ihrer Geschichte prägte.

Zitternd stand Oma vor der Haustür des Hauses auf der Watzerather Höhe. Das Haus, indem zuletzt die Deutschen gelegen hatten, hatte an der Front einem Erdwall und Stützbalken, den die Deutschen erst vor kurzem gegen den Beschuss der amerikanischen Artellerie aufgeschüttet hatten. Einige Granaten waren davor schon ins Haus eingeschlagen und hatten vereinzelt auch kleine Beschädigungen am Haus verursacht. Vom Erdwall an der Hausfront konnte man runter ins Tal zum in den letzten Tagen schwer umkämpften Prüm schauen. Vor allem waren aber durch den Beschuss alle Fenster des Hauses zu Bruch gegangen und die Kinder und die deutschen Soldaten hatten alte Zelte und LKW-Planen zusammengetragen und damit die Fenster gehen Wind und Regen verhangen.

Oma schaute den erdigen Weg herab, der ins Dorf führte, und wartete auf Opa, der wie er es schon in Kriegszeiten gemacht hatte unterwegs war um etwas Essen für die Familie zu besorgen. Wie oft war Opa auch in den letzten Kampftagen als die Deutschen im Haus lagerten noch Nachts, auch unter Beschuss, aus dem hinteren Haus geschlichen, über die Anhöhe von einem kleinen Wald gedeckt, um

irgendwo in der Nähe bei Bauern Lebensmittel einzuhandeln. Oft, wenn der Beschuss anhielt dauerte es zwei bis drei Tage bis Opa wieder zurück im Haus war und sie ihn und die Lebensmittel in Empfang nahm, um sie für Opa, Oma, und die Kinder Alwis, Johann, Helene und die kleine Marga einzuteilen.
Auch dieses Mal hatte Sie Angst, die amerikanischen Soldaten würden Opa mitnehmen.
Anders als noch vor ein paar Wochen gegen Kriegsende als das Haus schon wochenlang von Deutschen besetzt war und dann plötzlich der deutsche Offizier erschien und die Stube beschlagnahmte. Sie wusste das dies nichts Gutes bedeuten konnte und wartete auch damals auf Opa der vom Prümer Bahnhof kommend den Weg hoch zum Haus auf der Watzerather Höhe nahm.

„Mattias, da sind noch mehr Deutsche gekommen, ein Offizier und er hat unsere Stube beschlagnahmt" sagte Oma zu meinem Opa der Nachhause gekommen an der Haustür stand.

Sie schaute meinen Opa ängstlich fragend an. Opa schaute auf den Erdwall den die Deutschen errichtet hatten und sagte zu Oma „Ich habe schon damit gerechnet das Sie kommen werden, warte hier." Dann ging er mit festen Schritten ins Haus und in die Stube. Der deutsche Offizier stand in der Stuben mitte am mit Zeltplanen verhangen Fenster, das der Soldat am Tisch etwas aufgeschlagen hatte, auf dem Tisch stand ein Funkgerät, das der Soldat wiederum am aufbauen war. Rechts in der Stube saßen noch zwei weitere deutsche Soldaten mit Mannschaftsrang auf Stühlen und unterhielten sich.

„Wer da?" fragte der deutsche Offizier, als er meinen Opa bemerkte, der in seinem Bahnmantel, noch mit Schirmkappe, die er noch nicht abgenommen hatte, ihm entgegen stand.

„Mattias Kammers, das ist mein Haus!" antwortete Opa dem deutschen Offizier und nahm den Blick zu diesem auf. „42 Funkmeldekompanie, Oberleutnant Hansen, wir richten hier eine Funkzentrale ein, verlassen Sie den Raum"

„Verlassen Sie sofort mein Haus" erwiderte mit ruhigen, festen Worten mein Opa dem deutschen Offizier. Inzwischen war Ruhe in die Stube eingekehrt, der Funker hatte seine Arbeit unterbrochen und sich im Stuhl gedreht um sich den beiden Personen zuzuwenden, die beiden Mannschaftsdienstgrade besaßen ohne Worte auf den Stühlen und beobachteten ebenfalls die beiden.

Der Offizier sagte nichts, ein leichtes Lächeln entglitt seinen Mundzügen bis er mit angespannten Wangen und stechendem Blick meinen Opa avisierte. Ruhe war im Raum. Opas Augen waren weiterhin mit seinem Blick auf den Offizier gerichtet.

Der Offizier klappte den Taschendeckel seines Pistolenhalfters auf und zog langsam seine Walther P38 aus dem Koppelhalfter, dann streckte er seinen Arm und hielt mit etwas Abstand die Waffe vor die Augen meines Opa. „Verlassen Sie direkt diesen Raum oder ich werde Sie erschießen" kam in kurzen trockenen Worten aus dem Hals des Offiziers. Wiederum herrschte Ruhe im Raum. Die deutschen Soldaten waren angespannt und richteten einen ernsten Blick auf die Mitte des Raumes. Weiterhin blickte Opa dem deutschen

Offizier in die Augen und entgegnete diesem „Ich bin deutscher Bahnbeamter und kenne Ihre Rechte" Der feste Blick des Offiziers schwankte, seine Augen bewegten sich, er schaute auf meinen Opa der in seinem Bahnmantel mit den rot abgesetzten Kragen und den rot abgesetzten Ärmelreversen und der Schirmmütze da stand, sowie der Koppel mit Koppelschloss und Pistolenhalfter mit einer Walther P38 darin.

Den Raum beherrschte sekundenlang eine ahnungslose Spannung bis der deutsche Offizier seine Augen leicht senkte und im gleichen Zug die Walther P38 wieder in den Halfter zurück steckte und langsam die Halfterklappe schloss. „Packen Sie das Funkgerät ein, wir ziehen ab, sagte er zu dem wie betäubt noch ihm zugewandten Funker. Die beiden Manschaftsdienstgrade sprangen auf und warteten auf Befehl. Mein Opa nickte leicht drehte sich um und verließ die Stube um zur Oma zu gehen damit sie weiß das nichts passiert ist und die Stube wieder frei wird.

Bewusst oder unbewusst dachte der deutsche Offizier „Soweit ist es schon gekommen, das deutsche Offiziere auf deutsche Offiziere schießen." dann gab er einige Kommandos, das man sich mit dem Umzug in eine neue Stellung beeilen sollte und verließ das Haus.

Opa kam mit langsamen Schritten in seiner blauen Bahnarbeitshose und Hemd mit hochgekrempelten Armen und seinem deutschen Rucksack geschultert langsam die Straße hoch. Oma zitterte und wartete bis Opa die Haustür erreichte. Sie wusste das er trotz der schlimmen Nachricht ruhig sein würde und hoffte das er fliehen würde.

„Mattias" sagte Oma.

Opa stellte den Rucksack auf den Boden ab und schaute Oma an

„Mattias, du musst fliehen, die Amerikaner waren hier und haben nach dir gefragt."

Opa schaute Oma ruhig an. „Ich wusste das sie kommen werden."

„Mattias, die wollen dich in ein Lager mitnehmen, bitte Mattias flieh und verstecke dich, wir helfen dir wenn die Amerikaner weg sind."

Opa schaute Oma mit ruhigem und ernsten Gesicht an.

„Du hast doch nichts getan Mattias, viele verstecken sich und jetzt ist doch alles vorbei, du hast doch nichts getan, du hast doch nur deine Arbeit als Bahnpolizist gemacht. Bitte Mattias flieh, wir sorgen uns um dich und wir brauchen dich."

Opa legte seine Hand an Omas Arm und sagte „Und was passiert dann mit euch? Ich kann nicht gehen, ich werde warten bis Sie kommen."

Oma schaute Opa an, sie sagte nichts, die beiden kannten sich jetzt dreißig vertraute Jahre und sie hatte Opa gerade oft in den letzten Kriegsjahren erlebt, mit dieser Wortkargheit, die für ihn stets eine Endgültigkeit der Entscheidung bedeutete.

Sie sagte nichts und beide standen an der Tür und schauten sich an, ihre Hände griffen ineinander und Omas Augen fingen an zu weinen, ohne das eine Träne den Augen entrann.

Opa führte Oma ins Haus den Flur entlang bis sie in die Stube kamen.

„Wann kommen Sie wieder?"

„Heute Nachmittag" antwortete Oma.

Beide saßen in der Stube und schwiegen, Opa schaute zum Fenster.

„Du solltest auf jeden Fall deinen dicken Bahnmantel mitnehmen, der hält warm und das werden sie dir bestimmt erlauben."

Opa schaute Oma an und lächelte „Ja, das sollte ich machen"

Er ging zur kleinen Garderobe in der Stube an dem sein Bahnmantel hing, die Schulterklappen hatte Oma, als es hieß der Krieg sei zu Ende entfernt und so blieb ein edel geschnittener dicker zweireihiger Wintermantel mit abgesetzten Kragen und Armrevers. Opa zog den Mantel an, knöpfte die Knöpfe zu und strich über seinen Dienstmantel, den er in den Kriegsjahren als Polizist der Bahnpolizei getragen hatte. Währenddessen war Oma nebenan in die Küche gelaufen und packte den

Rucksack aus, der von Opas letzter Hamsterfahrt gefüllt war.

Ein Stück Schinkenspeck, ein Stück Brot, drei Möhren, eine Zwiebel und ein Kohlrabi legte sie auf den Tisch. Dann nahm sie den Schinkenspeck und das Stück Brot und ging zu Opa rüber, steckte den Schinkenspeck und das Brot in seine Manteltaschen und sagte „Nimm das mit Mattias, du wirst Hunger haben, wer weiß wie lange du weg sein wirst."

Opa blickte sie an, wohl wissend das er den der Schinkenspeck und das Brot für Oma und die Kinder gehamstert hatte. Seine Hände hatten den Wunsch den Schinkenspeck und das Brot aus der Manteltasche zu nehmen und behutsam auf den Küchentisch zurückzulegen.

Er schaute Oma tief an und sagte, " Ich komme ja bald wieder"

Vom Straßenweg war ein Motor zu hören und nach einigen Minuten bremste ein Larry-Jeep vor dem Haus. Zwei Amerikaner saßen vorn, ein dritter saß hinten etwas erhöht. Sie sprangen vom Jeep und gingen den kleinen Weg zum Haus zügig hoch.

Opa war bereits in den Hausflur gegangen und Oma folgte im. Sie stand hinter ihm als die GI's den Hausflur betraten und zwei der GI's Opa direkt an den Armen packten. Der dritte GI schaute auf Opa der in seinem Bahnmantel ihm gegenüberstand.
„Ortsgruppenleiter, Kammers, right" bevor mein Opa antwortete, sagte der GI „You are arrested"
Oma zitterte und schaute hoch zu Opa der kein Wort sagte. Dann warf der GI nochmals einen Blick auf meinen Opa in seinem langen

Bahnmantel mit den ausgebeulten Taschen.

„What's this" brüllt der GI und greift in die Taschen meines Opas wo er den Schinkenspeck und das Stück Brot ergreift das Oma im in die Taschen gesteckt hatte.

„Damm" brüllt der GI und schleudert den Schinkenspeck und das Stück Brot auf den Boden „We give you genug zu Essen, you understand, Nazi" brüllte der GI meinen Opa an.

Oma schaute noch immer mit einem betäubten Blick Opas Lippen an, ihr Gesicht war fahl geworden, ihr Körper zitterte. Opa stand in gerader Haltung vor dem amerikanischen GI und sagte nichts.

„Lets go, lets go, Nazi" brüllte der Offizier und die beiden anderen amerikanischen Soldaten drückten Opa durch den Hausflur den

Hof entlang zum Jeep. „Go ahead, go ahead"
Sie legten ihm Handschellen an, drückten
seinen Kopf nach unten und zogen ihn auf den
Rücksitz des Larry-Jeep.

Meine Oma war den Hausweg runtergegangen
und schaute dem Larry Jeep nach, der den
Feldweg runter ins Dorf fuhr. Diesmal, das
wusste Sie, würde Opa nicht nach zwei, drei
Tagen wieder zuhause sein und sie betete jetzt
und in den darauffolgenden Nächten, das Opa
bald zurück sein würde, bei ihr und den
Kindern. Gleichsam hob sie das Brot und den
Schinkenspeck vom Boden auf, um es in der
Küche zu säubern.

Im Haus angekommen schob sie die Zeltplane
zur Seite damit Licht in die Küche kommt und
legte behutsam die Möhren, den Schinken-

speck und den Kohlrabi in den Küchenschrank
Sie nahm die Zwiebel und das Brot, um sich
und Alwis, Helene und der kleinen Marga eine
Zwiebelsuppe zu kochen. Die Kinder mussten
gleich aus der Schule zurückkommen.

In Ihren Ohren klingte noch das „genug zum
Essen, Nazi" mit dem der amerikanische GI
meinen Opa angebrüllt hatte. „Nazi", Opa war
nie ein Nazi dachte Oma und das er in den
letzten Wochen vor Kriegsende Ortsgruppenleiter wurde hatte ihr auch nicht gefallen, wo
es doch einige andere im Dorf gab die diese
Position gern gehabt hätten.
Der alte Ortsgruppenleiter war in den letzten
Wochen vor Kriegsende bei einem
Bombenangriff am Rhein getötet worden. Oma
hatte dies von den Verwandten im Dorf
erfahren. Opa war nie in der Partei gewesen

und hatte auch die Kinder stets von HJ und Veranstaltungen fern gehalten mit den Worten „Das ist nichts für unsere Kinder, es ist besser wenn die hier arbeiten" womit er den kleinen bäuerlichen Betrieb meinte, mit zwei Kühen und zwei Schweinen die bis kurz vor Kriegsende im kleinen Haus-Stall standen. Nachdem die Deutschen sich eingelagert hatten und ihre Pferde im Stall standen blieben nur noch die Obstbäume die Opa auf der hinteren Wiese angepflanzt hatte und die kleine Heuscheune für das Tierfutter für die Kinder als Arbeit und natürlich die Mitarbeit im Haushalt als Hilfe für Oma. Umso überraschter war sie als Opa einige Tage später von der Kommandantur des Prümer Bahnhof zurückkam und Oma mitteilte das er neuer „Ortsgruppenleiter sei".

„Aber du warst doch nie in der Partei"

„Ortsgruppenleiter oder Russland" sagte er in leisem Ton zu Oma „ich kann euch nicht allein lassen", Oma schaute auf Opa und wiederholte langsam „Russland".

Helene ging mit Ihren langen blonden Zöpfen vorne dran, dahinter Alwis mit der kleinen Marga in der Hand. Sie hüpfen und gehen den Weg zum Haus hoch wo ihre Mutter sie bereits durch das Fenster gehört hatte. Die kurzen Röckchen der Mädchen und die weißen Blusen die jetzt nicht mehr ganz weiß waren, stammten noch aus besseren Zeiten, ebenso Alwis Kniebundhose mit den Hosenträgern und dem weiten Hemd, welches sein Bruder Johann schon getragen hatte, den die Wehrmacht vor drei Monaten abgeholt hatte um Ihn mit 17 Jahren an der Volksfront einzusetzen.

Die Kinder sangen Kinderlieder und fragten nach Vater als Mutter allein in der Haustüre stand.

„Kommt rein Kinder es gibt Zwiebelsuppe und ein Stück Brot, Mutter hat für euch gekocht, und danach helfen mir Helene und Marga bei der Wäsche." sagte Oma und führte die Kinder über den Flur durch die Stube in die Küche. Die Kinder saßen am Küchentisch und löffelten mit übergroßen Löffeln die warme Zwiebelsuppe aus den Tellern. Jedes Kind hatte einen kleinen Brocken Brot neben sich liegen, den Rest des Brotes hatte Oma in den Küchenschrank gelegt.

Alwis fragte" Wo ist Vater". Alwis fragte immer, wenn er aus der Schule kam nach seinem Vater um ihn mit Fragen zu den Soldaten die jetzt verschwunden waren, zu überhäufen. Oft wenn Oma und Opa mit

Helene und der kleinen Marga in den Keller verschwunden waren und Oma noch nach Alwis gerufen hatte, hatte Alwis sich ans Dachfenster auf dem Speicher geschlichen um die Jabo'S zu betrachten wie sie über das Haus in Richtung Prüm verschwanden und dann nach unten abknickten so das er sie nicht mehr sehen konnte. Flugzeuge faszinierten ihn, ebenso wie die deutschen Soldaten mit ihren Uniformen und der vielen Ausrüstung die sie mit sich trugen, von Zelten, Rucksäcken über Wasserflaschen und Stoffbeutel mit Brot und manchmal sogar Schokolade drin.

Als die Soldaten noch da waren und das Haus noch nicht unter Beschuss lag, hatten Alwis, Helene und die kleine Marga oft hinterm Haus mit den Soldaten gespielt. Die Soldaten lachten oft und ab und zu gab es auch etwas von der Schokolade oder vom Brot. Oder

Alwis ging zu den Soldaten um Peng, Peng zu spielen, dann lachten die Soldaten und erwiderten Peng, Peng.

Helene und Marga deckten den Tisch ab und Alwis verschwand aus der Küche. Oma hatte bereits morgens aus dem kleinen Brunnen oberhalb des Hauses Wasser in einem Eimer geholt, aus dem sie eine kleine Menge in einen Zinkkübel goss, in dem sie das von den Kindern angereichte Porzellan zum reinigen einlegte. Durch das offene Fenster zog es in die Küche rein, Oma zog die Zeltplane ein wenig zu, so das es nicht zu viel war damit noch Licht in die Küche reinfällt.

Vom Jeep wurde Opa in einen LKW umgeladen der mit weiteren Deutschen besetzt war, manche saßen in Mänteln andere in einfachen Anzügen da. Am Ende der zwei Holzpritschen auf dem LKW saß jeweils ein GI mit Waffe. Die Männer auf dem LKW sagten nichts, die meisten schauten betroffen auf den Boden oder starrten in den LKW. Hinten dran fuhr der Jeep mit den drei GI's die Opa abgeholt hatten. In Diez an der Lahn fuhr der Wagen auf ein Gelände mit bewachtem Holzzaun und Holzbaracken ein. Vor den Baracken war ein Exerzierplatz auf dem der LKW hielt.

„Hurry up, Hurry up," schrie der GI der bereits vom Jeep ausgestiegen war und die GIs auf dem LKW stießen die verladenen Deutschen mit meinem Opa von der Ladefläche.

Hurry up, Hurry up, one line"

Fast wie von selbst stellten die Deutschen sich in Linie auf dem Exerzierplatz auf.

„Welcome Nazis to our exerciseplace. You will

learn here to be a Human." brüllte der GI der mittlerweilen in Front der deutschen Linie entgegen stand. Die weiteren GI's waren von ihren Fahrzeugen abgestiegen und bewachten mit Waffen den Exerzierplatz.

„All You, Barack number 2" brüllte der Offizier „Hurry up, hurry up" brüllte er weiter. Die Deutschen liefen in Richtung der Baracken die mit großen Nummern versehen waren, links und rechts liefen die GI's mit bis die Deutschen in der Baracke mit der Nummer zwei verschwanden und die GI's die Barackentür schlossen.

Im Inneren der Baracke war es dunkel, nur zwei kleine Fenster brachten Licht. Links und rechts waren eine Reihe Holz-Betten die zu je drei Betten Höhe aufgestapelt gezimmert. Die Männer gingen langsam zu den Betten und legten Ihre Mäntel oder Jacken auf, manche legten sich aufs Bett, auf dem eine dünne Filzdecke lag. Andere wieder blieben stumm an der Tür stehen und schauten in den Raum. Opa zog seinen Mantel aus und legte ihn auf ein unteres Bett, dann setzte er sich auf den Bettrand und beugte sich vor, damit er nicht gegen die obere Bettkante schlug.

Rechts neben ihm setzte sich ein Mann in seinem Alter auf das Bett daneben.

„Walther Konrath" sagte dieser und schaute Opa an. „Mattias Kammers" antwortete Opa.

„Kolonialwarenhändler und ehemaliges Parteimitglied „sagte Walther Konrath

Opa schaute den Mann an und antwortete „Deutscher Bahnbeamter aus der Nähe von Prüm"

„Wer hätte das gedacht, das wir mal hier landen, aber die letzten Jahre war es doch ersichtlich. Was werden die mit uns machen?"

sagte Walther. „Wir werden sehen, antwortete Opa"

Es war hell geworden und Oma weckte die Kinder, sie betrat den Schlafraum und schob die Lkw Plane vom Fenster. „Morgen Kinder" rief sie in den Raum, und Alwis, Helene und die kleine Marga krochen aus Ihren mit dicken Decken bedeckten Kinderbetten. Noch in Unterwäsche bekleidet liefen sie aus dem Raum den Flur entlang und die Treppe runter in den Waschraum, wo Oma bereits einen Bottich mit Wasser bereitgestellt hatte. „Wascht euch Kinder, dann anziehen und ab in die Schule" sagte Oma, die ganz froh war das jetzt nach Ende des Krieges die Dorfschule durch den Dorflehrer und die Amerikaner wiedereröffnet worden war. Sie hatte stets Angst das die Kinder tagsüber mit Munition oder Granaten spielten die oft noch am

Straßenrand oder in den Wäldern lagen. Besonders Alwis machte ihr Sorgen, schon als die Deutschen da waren hatte er sich immer für Ihre Ausrüstung interessiert.

Die Kinder saßen am Küchentisch. Oma hatte ihnen den Rest von Opas Brot auf ihre Teller gelegt und eine kleine Glasschüssel stand auf dem Tisch mit selbstgemachter Zwetschgenmarmelade von Opas Obstbäumen. Die vorderen Fenster der Küche waren immer noch von dem Erdwall der Deutschen zugeschüttet und durch das kleine Fenster kam kaum Licht, da Oma die Plane der Kälte wegen nur einen Teil aufgeschoben hatte.

Helene, Alwis und die kleine Marga kamen langsam und noch etwas müde den Weg von der Schule zum Haus hoch, als Marga am Straßenrand stehen blieb. „Komm schon

Marga" sagte Helene „komm schon"

„da" sagte Marga „a, eine Glasscheibe".

Helene ging zurück und sah ein Stück kaputter fünfeckiger Glasscheibe, ungefähr 15 x 20 cm groß. „Ja eine Glasscheibe" sagte Helene

„Für Mama" sagte Marga „Für Mamas Küchenfenster, dafür holen wir die Glasscheibe mit" bückte sich vorsichtig und hob die Glasscheibe langsam hoch um sich nicht zu schneiden.

„Marga, die Scheibe ist zu klein und Sie ist auch kaputt, und wir sollen nichts vom Straßenrand mit holen" sagte Helene zur kleinen Marga. „Ich hol die Scheibe mit und nähe sie mit Mutter in die Zeltplane ein" antwortete Marga und umfasste die Scheibe leicht um sich nicht zu schneiden.

Oma stand bereits an der Tür als die Kinder am Haus ankamen.

„Schau, Schau Mama, eine Glasscheibe." rief die kleine Marga ihrer Mutter entgegen und hielt das Stück zerbrochenen Glases hoch in der Hand. Oma schaute Marga an und wartete bis die Kinder den Weg hoch bis zur Tür gegangen waren.

„Marga, was willst du den mit der Glasscheibe, du sollst doch nichts vom Straßenrand aufheben."

Marga erwiderte „Die ist für unsere Küche, dann haben wir Licht in unserer Küche."

„Aber Marga die ist doch viel zu klein für unser Fenster", sagte Oma.

„Wir können die Scheibe doch in die Zeltplane einnähen, so wie du uns immer unsere Kleider nähst".

Oma schaute Marga an, zwar nähte sie keine Kleider für die Kinder, sondern flickte oft mit Nadel und Faden die abgenutzten und verschlissenen Kleider der Kinder, aber die Idee fand Oma nicht schlecht und sagte zur kleinen Marga. „Ja, Marga das ist eine gute Idee, vielleicht bekommen wir etwas Licht damit in unsere Küche." und nahm Marga vorsichtig die Scheibe aus der Hand um die Kinder in die Küche zu führen, wo sie bereits eine Möhrensuppe für die Kinder vorbereitet hatte.

Oma legte die Scheibe behutsam auf den Küchenschrank. Dann aßen alle zusammen die Möhrensuppe. Alwis verließ die Küche nach dem Essen und Oma ließ Helene die Teller spülen, während sie sich mit der kleinen Marga an den Küchentisch setzte und Nadel und Faden bereithielt um zusammen mit ihr das mitgebrachte Glasstück in die Zeltplane der Küche einzunähen. Oma legte die Scheibe auf die Plane und Marga zeichnete mit einem

Stück Kreide die Umrisse der Scheibe auf die Mitte der Plane ein. Oma gab der Zeichnung noch einen Zuschnitt, dann schnitt Sie zusammen mit Marga ein Loch in die Plane und hielt das mittlere Reststück zurück für die äußere Einfassung, die Sie in Streifen schnitten. Dann nähten Oma und die kleine Marga die Umrandung in die das Stück Glasscheibe eingefasst werden sollte.

Oma lachte innerlich über die Ideen ihrer kleinen Marga, aber etwas Licht bringt die Glasscheibe schon, dachte Sie. Sie dachte auch an Johann, der nachdem er eingezogen war, zur Heimatverteidigung an die Front geschickt wurde und bereits zwei Tage später von amerikanischen Soldaten gefangen genommen worden war. Was für ein Glück, dachte Oma. Die Amerikaner hatten Johann nach

Frankreich in ein Lager kurz vor Reims gebracht, von wo aus er Ihr einen Brief schreiben durfte wie die Amerikaner ihn befragt hatten seit wann er Soldat sei und ob er freiwillig Soldat geworden wäre, das Sie ihm erlaubt haben ihr zu schreiben und das es ihm bestens geht, er im Lager zu essen hat und Arbeit. Als Oma diesen Brief erhielt war sie beruhigter und wartete in der Hoffnung einen neuen Brief oder Johanns Heimkehr zu erhalten. „Fertig" rief Marga „Fertig"
Die Umrandung war genäht und Oma hatte die Scheibe in die Umrandung eingesetzt und Sie mit den letzten Stichen befestigt. Dann prüfte Oma nochmals ob die Scheibe hielt und ging mit Marga und Helene die als Sie fertig war mit Spülen sich an den Tisch gesetzt hatte und beim Nähen zugeschaut, ans Fenster und befestigte die Zeltplane mit der Glasscheibe.

Durch die Glasscheibe drang ein Lichtstrahl in die Küche und Oma sagte. „Gut gemacht Marga, so zieht es nicht immer so in der Küche und wir haben Abends auch was Licht. Marga lächelte und betrachtete die Glasscheibe. Sie freute sich, das Oma die Glasscheibe gefiel und ihr gefiel sie sowieso und auch Helene stand zufrieden neben Oma und Marga.

„Hurry up, Hurry up, Konrath" rief der GI, hinter ihm stand ein weiterer GI mit einem Gummiknüppel in der Hand. Walther Konrath stand auf und verließ mit den GI's die Baracke. Der Gi saß Konrath am Schreibtisch gegenüber, auf dem Tisch lag eine Papierakte.

Der GI blickte Konrath eine Weile an. Konrath sagte nichts.

„Walther Konrad, Nazi, sie sind Parteimitglied, that's right" sagte der GI

„Ich war, ich musste … „ antwortete Konrath
„Sie mussten? Are you sure?" sagte der GI und Blickte Konrath normal an.
„Ja ich war nicht immer in der Partei, erst als der Krieg kam."
„And than you get into the Partei. That's right" sagte der GI und hielt seinen Blick auf Konrad
„Yes, Yes, ich wurde gezwungen. I had an Kolonialwarengeschäft. Stoffe, Kaffee, Zucker alles für die Bevölkerung, Ich habe das Geschäft bereits von meinem Opa" antworte Konrad
„From your Opa, Also Nazi?" sagte der GI
„Nein, Nein ich musste ja in die Partei, ich musste ja, wir hatten ja die ganzen Lebensmittel für die Frauen und Kinder, wer hätte Sie denn sonst verkauft, ich musste ja in die Partei." sagte Konrad
„O.k., o.k, Sie mussten ja. Are you sure?"

sagte der GI

„Yes, Yes, sonst hätte die Bevölkerung ja keine Lebensmittelkarten bekommen, wir mußten die ja verkaufen, verstehen Sie" sagte Konrad und schaute den GI an.

„Ich verstehe, Mr. Konrad" sagte der GI und mit einem nickenden die Mundwinkel etwas nach unten geneigten Blick. „Get back in the Barack" folgte vom GI und der GI mit dem Gummiknüppel, der die ganze Zeit hinter Konrad gestanden hatte, packte Konrad und brachte ihn zurück in die Baracke.

„Hurry up, Hurry up Kammers" rief der GI meinem Opa entgegen als er diesen aus der Baracke holte um ihn gegenüber seines Schreibtisches Platz nehmen zu lassen.

„Mattias Kammers, Ortsgruppenleiter, Nazi thats right ?"

Opa schaute den GI an und erwiderte „Mattias

Kammers, Ortsgruppenleiter Watzerath"

Der GI schaute meinen Opa an „Ortsgruppenleiter since, seit wann?"

„Seit Februar 1945" antwortete mein Opa

Nochmals schaut der GI meinen Opa an und klappt die Pappakte auf seinem Schreibtisch auf. Der GI mit dem Gummiknüppel hinter ihm bewegte sich etwas.

Nach einem kurzen Blick in die Akte sagte er: „German Reichsbahn Prüm" und schaute meinen Opa in die Augen.

„Ja" sagte mein Opa „Deutsche Reichsbahn, Prüm"

„Was war ihre Funktion?"

„Bahnpolizei" antwortete mein Opa

„Police, Leader of the Reichsbahn Polizei in Prüm?"

„Ja, sagte mein Opa"

Nochmal schaute der GI meinem Opa lange in die Augen

Dann sagte er. „Anything to mention, möchten Sie noch etwas dazu sagen?"

„Nein" sagte mein Opa

„Bring him back to the Barack" nickte er dem weiteren GI im Raum zu und brüllte „Hurry, Hurry up zu meinem Opa.

Die Tür der Baracke öffnete sich und der GI stieß meinen Opa in das Innere der Baracke wo die Männer wieder alleine und unter sich waren. Opa setzte sich auf sein Bett und strich sich über seinen Bahnmantel der ihm in der Baracke zu der dünnen Decke zusätzlich Wärme gab und er dachte an Oma wie besorgt sie noch sein muss und an seine Kinder.

Walther Konrath sprach meinen Opa an „Was wollten Sie von dir wissen, ich habe nichts getan, ich musste in die Partei, sonst hätten Sie unseren Laden geschlossen und wovon hätten wir dann leben sollen?"

Mein Opa schaute Walther Konrath an und sagte nichts.

Dann legte er sich zurück in sein Bett und wartete. Die Amerikaner hatten heute morgen den Barackeninsassen gesagt, das sie Arbeit auf dem Feld bekommen. Zudem gäbe es zweimal am Tag eine Mahlzeit, morgens und mittags. So wurden die kommenden Tage und Wochen für Opa und die Barackeninsassen mit Feldarbeit und zwei Mahlzeiten am Tag gefüllt.

Oma hatte den Kindern auf die Frage wo Opa wäre geantwortet das die Amerikaner Opa mit geholt haben und das er aber bald wiederkommt. Als Opa nach drei Tagen noch nicht zurück war fragte Alwis nach „Mutter, wann kommt Vater wieder, ist er noch bei den

Amerikanern?"

„Ja" sagte Oma „ und es wird noch etwas dauern bis er wiederkommt. „Und jetzt esse Alwis, dann kannst du danach im Haus spielen. Dann wandte sie sich am Tisch den Mädchen zu und sagte nach dem Spülen waschen wir. Alwis verschwand nach dem Essen um in seinem Zimmer mit seinen Holzklötzen zu spielen und Helene und Marga folgten Oma in die Waschküche. Dort feuerte Oma den Holzkessel unterhalb der Waschtrommel an um dann gemeinsam mit den Kindern die Wäsche in die Trommel mit heißem Wasser zu werfen. Sie warf einige Seifenflocken in das Wasser und rührte mit einem Holzstab Wäsche um. Nach einer Stunde nahm sie gemeinsam mit den Kindern die Wäsche aus dem Kessel und füllte das warme Wasser in die Zinkwanne die in der

Waschküche stand. Helene und Marga hängten die Wäsche an einer Schnur auf, dann sagte Oma ruft Alwis jetzt wird gebadet.

Es war dunkel auf dem Exerzierplatz und in den Baracken. In der Baracke Nr. 2 war Stille. Seit die Männer in den Baracken lagen, achteten Sie abends auf die Geräusche außerhalb. Manchmal hörten Sie wie die Amerikaner schwankend und lallend nachts über den Exerzierplatz gingen. Walther Konrad flüsterte dann oft zu meinem Opa „Hörst du Sie, Hörst du Sie, kommen die jetzt zu uns?"

Es war spät in der Nacht als sich die Barackentür von Opas Baracke öffnete. Der GI mit zwei weiteren GI's mit Gummiknüppeln stand an der Tür. Locker Schritt er in die Baracke schaute sich unter den Männern um und ging dann auf einen der Männer zu.

„Hey You, Yes You, Hurry up, Hurry up" brüllte er den Mann an. „Hurry up, lets go" brüllte er.

Der Deutsche sprang erschrocken aus dem Bett und schaute ungläubig den GI an. In seinen Augen war Angst. Die GIs und der Deutsche verließen die Baracke, die Barackentür fiel zu und die GIs führten den Deutschen über den Exerzierplatz.

Der GI war wie viele GIs Anfang 44 in der Normandie gelandet und über Frankreich an die sich verzweifelt wehrende deutsche Front im Saarland gelangt. Seine Einheit war unter schweren Verlusten in den letzten Kriegstagen bis kurz vor Hinzert vor gelangt, wo ein deutsches Lager sein sollte. Sein Auftrag war bis zum Lager Hinzert vorzustoßen.

Wenige Meter vor dem Lager Hinzert stoppte der GI seine Einheit. Vor ihnen lag ein mit Stacheldraht umzäuntes Lager mit Holzbaracken und Holzwachtürmen. Ein großes Tor mit der Aufschrift „Arbeit macht frei" zeigte sich am Eingang des Lagers. Von deutschen Soldaten oder Fahrzeugen war nichts zu sehen.

„Lets go" rief der GI und winkte mehrmals seinen Kameraden nach vorne zu gehen.

Mit angeschlagenen Waffen schritten die GI's dem Lager entgegen, als sich die Barackentüren öffneten und wankende unbewaffnete Menschen in gestreiften Uniformen den Baracken entflohen und auf das Lagertor zu schritten.

Zögernd schritten die GI'S dieser seltsamen Situation entgegen. Die abgemagerten in Streifenhemden und Hosen entgegen-

kommenden Menschen öffneten das Tor und schritten den GI's entgegen. Der GI wird niemals, niemals vergessen, als am Tor angekommen einer der abgemagerten Menschen weinend sich um seinen Hals legte und ihn als „Befreier" willkommen hieß.
„Nazis no Human Rase" ging dem GI durch den Kopf als er den Gefangenen zurück in die Baracke stieß.

„Übel zugerichtet" sagte Walther Konrath „ Die prügeln uns alle zu Tode" und zeigte auf den Deutschen den die Amerikaner nach der nächtlichen Abholung zurückgebracht hatten.
Opa sagte nichts. Morgen würden Sie wieder zur Feldarbeit herangezogen und jetzt hieß es erstmals schlafen. Er schaute Walther Konrad nochmals an, der leichte Schweißperlen auf der Stirn trug und leicht zitterte.

Am Ende des nächsten Tages kam Opa mit Walther Konrath von der Feldarbeit zurück. Walther Konrath legte sich aufs die Liege, sein Stirn schwitzte und sein Zittern deutete Fieber an. Opa fragte Ihn „ Ist alles in Ordnung mit dir". „Ja, Ja, mir ist nicht gut, ich glaube ich habe Fieber." Walther Konrath fing an zu husten und sein Atem wurde schwer. In den folgenden Tagen verschlechterte sich der Zustand von Walther Konrath zusehends, zum Fieber brach ein heftiger teilweise blutiger Husten aus, so das Konrath nicht mehr zur Feldarbeit ran gezogen wurde und im Lager liegen bleiben durfte.

Opa ging weiterhin auf die Feldarbeit mit seinem dicken Bahnmantel und steckte wenn er unbeobachtet blieb einige Kartoffeln in den Bahnmantel die er abends in der Baracke zu einer Kartoffelsuppe kochte und Walther

Konrad gab um ihn zu kräftigen.

Der Barackenarzt hatte Opa für Walther Konrath ein paar Kohletabletten gegeben da er einen Verdacht auf Typhus hatte, der sich in der Baracke nicht ausbreiten sollte. Opa rührte die Tabletten stets in die Kartoffelsuppe und half Walther Konrath beim Essen, da er in den letzten Tagen immer schwächer geworden war. So vergingen Wochen mit Feldarbeit und Pflege von Walther Konrath, bis dieser wieder zu Kräften kam und wieder mit zur Feldarbeit herangezogen wurde.

Ein halbes Jahr war es her das Johann Oma aus der Kriegsgefangenschaft geschrieben hatte, und zwei Tage war es her als er plötzlich vor der Haustür stand in blauer Leinen Hose und Jacke, eine kleine Leinentasche bei sich trug und Oma und seinen Geschwistern um den Hals fiel. Die Amerikaner hatten Johann aus dem Kriegsgefangenenlager entlassen und er war zu Fuß und teilweise mit der Bahn zurück nach Watzerath gekommen. Alle saßen am Tisch und Oma dankte Gott das Johann wieder da war und betete das Opa ebenso bald wieder zu Hause war. Nur wenige Briefe in all den Monaten seit er weg war hatte sie erhalten; die Amerikaner gestatteten Opa nur wenig Post und die kam meist geöffnet an. Johann hatte direkt nach seiner Rückkehr die Aufgaben von Opa übernommen und kümmerte sich um die Obstbäume oder ging an die Prüm Angeln um die ein oder andere Forelle nachhause zu bringen, die nach all den Monaten eine köstliche Delikatesse für die Familie darstellte. „Die Kinder spülen" und du Johann hast ja deine Arbeit sagte Oma und beendete nachdem alle gegessen hatten den Mittagstisch." „Ich hoffe Opa kommt bald wieder" waren Ihre Gedanken beim Tisch abräumen.

Walther Konrath saß am Küchentisch bei Opa, Oma, und den Kindern, er hatte seinen Gemischtwarenladen wieder übernommen, den seine Frau während des Lagers in der amerikanischen Zone weitergeführt hatte. Einen kleinen Korb mit Lebensmitteln und zwei Meter mit Stoff für Oma, damit sie den Kindern etwas nähen konnte hatte er Opa mitgebracht.

Es waren mittlerweilen drei Jahre vergangen seit Opa und Walther Konrath nach zwei Jahren Haft aus dem Lager in Diez als entnazifiziert entlassen wurden. Walther Konrath besucht jedes Jahr meinen Opa und dankte ihm für seine Hilfe im Lager.

„Mattias, ohne dich, ich weiß nicht, ich wäre

an Thyphus gestorben."

„Das bist du nicht Walther und jetzt ist eine neue Zeit gekommen wo wir das alte vergessen sollten" antwortete mein Opa